图书在版编目（CIP）数据

小黑鸡 / 于虹呈著绘. -- 北京：化学工业出版社，
2024. 8. -- ISBN 978-7-122-45899-5

I. I287.8

中国国家版本馆CIP数据核字第20240RB911号

责任编辑：曲维伊
装帧设计：尹琳琳
责任校对· 杜杏然
出版发行：化学工业出版社
（北京市东城区青年湖南街13号
邮政编码100011）
印　　装：天津裕同印刷有限公司
889mm×1194mm　1/12
印张7　字数100千字
2024年9月北京第1版第1次印刷
购书咨询：010·64518888
售后服务：010·64518899
网　　址：http://www.cip.com.cn

小黑鸡

于虹呈 著绘

化学工业出版社

·北京·

咔嚓——咔嚓——咔嚓——还差一点儿就能出来了。

我出来啦！好亮啊！这是什么地方？

歇一会儿！刚才可花了我不少力气。

咦？我好像听到了什么声音，是谁发出来的呢？

原来我还有好多的弟弟妹妹，

虽然我们看起来不太一样，但是妈妈给

我们的爱都是一样的。

"妈妈——妈妈——"

"我的小宝贝们！你们可出来啦！"

"一二三四五，六七八九十，还有十一，大家都跟上，我们出发啦！"

妈妈要带我们去哪儿呢？

我们穿过了茂密的草丛，

来到了花园的最深处。

妈妈告诉我们，哪些是美味的果子，哪里有

好吃的虫子。

我们学着她的样子，用爪子不断地翻找起来。

沙沙沙沙！

忽然，一只小花狗从灌木丛里窜了出来，

把大家吓了一跳！

"去！快走开！"

妈妈急冲上前，把它赶跑了。

她教导我们，要勇敢地为自己站出来。

轰隆！

啪嗒——啪嗒——

下大雨了！

大家伙儿赶忙往妈妈的翅膀里边儿钻去。

嗬！

妈妈的怀里好柔软好暖和呀！

还能听见她扑通扑通的心跳声呢。

妈妈总是能让我们保持干爽和感到安全。

她是世界上最完美的妈妈，

除了白天有点儿唠叨。

她老说只要一个不小心，

坏蛋就会把我们抓走吃掉。

我想，她一定是在吓唬我们吧。

妈妈的那些唠叨，弟弟妹妹们似乎也
不太爱听。
直到有的弟弟妹妹怎么也找不见了，
我才发现妈妈的话都是对的。

夏日一天天近了，我的绒毛里也开始长出羽毛啦！

当蒲公英看起来越来越低矮，我一步就能跨过去时，妈妈也不似从前那样爱唠叨了。

一天，妈妈忽然说她要走了！

"孩子们，你们已经学会了很多，可以独立生活了。孩子终究要走出妈妈的羽翼，也许你们会遇到很多困难，但不要害怕，更不要放弃希望。"

那时，我们并不理解妈妈的话，大家都哭得好伤心。

"妈妈不要我们了，这可怎么办呢？"

太阳眼看就要落山了，吹来的风也变得凉飕飕的。

晚上睡哪儿呢？我开始发愁起来。去母鸡们的笼舍看看吧，那里干净又宽敞，

说不定能借宿一下。

然而，还不等我们靠近，便听见母鸡们大喊：

"快滚开！这里是属于我们的！"

"要是妈妈和我们在一起，她们肯定不敢这么凶！"

妹妹感到委屈极了。

幸运的是，我们在矮树下找到了一处舒适又隐蔽的地方。

"别怕，还有哥哥在呢！

你们睡里面，我睡外面，大家挤在一起，会暖和一些。"

虽然妈妈不再和我们一起生活，不过没关系，

我已知道怎样寻找美味的虫子和鲜甜多汁的莓子！

虽然我的个子还不高，但我谁也不怕！
面对那些霸道的坏鸭子们，
我照样有办法从他们那里抢到好吃的。

即便午后在树荫下打着盹儿，

要是危险来了，

我准能第一个发现，赶紧给弟弟妹妹们报信。

就像妈妈曾经为我们做的那样。

《小黑鸡》
科普
手册

生命的温暖与挑战：
小黑鸡的成长之旅

《小黑鸡》是继《盘中餐》之后，85后绘本作家于虹呈创作出版的又一力作，通过一个小黑鸡的成长故事，带领读者走进一个温暖却也充满挑战的世界，同时非常写实地呈现了家养鸡从破壳到完全成熟的生命过程。于虹呈以细腻的写实画风和深刻的情感表达手法，让《小黑鸡》不仅是一部带有科普色彩的儿童绘本，更是一部关于成长、勇气和生命的教育读本。

一只小黑鸡从出生到成为鸡群领袖的成长历程，从童话的视角看，很像是一个小英雄的成长史。但这样的成长也始于温馨的家庭和妈妈温暖的怀抱。故事开始于小黑鸡破壳而出的那一刻，伴随着妈妈的保护和鼓励，他在充满爱与关怀的环境中快乐成长。然而，当妈妈离开后，小黑鸡需要独立面对生活中的各种挑战。他带领弟弟妹妹们寻找食物，赶走坏鸭子，并最终战胜了鸡老

大，成为鸡群的新领袖。在这个与人类成长颇为相似的经历中，读者可以看到成长的艰辛与喜悦，同时也能感受到生命的珍贵和家庭的温暖。

不过，小黑鸡的成长环境与人类的截然不同。虽然故事是带有童话色彩的，作者也尝试用第一人称代入主人公小黑鸡的视角，但插画本身是完全写实的，动植物、人类、村舍和菜园的画面细节如同照片一般清晰。假如先不看文字，读者第一印象很可能感觉这是一本图画书。实际上，创作者和出版人还专门为读者附上了一本科普手册，细致讲解家养鸡完整的成长过程，并介绍了书中出现的各种植物的相关知识，甚至还延伸讲解了鸡的多样品种。从这个角度看，阅读《小黑鸡》也是一次生动有趣的科普教育。

从理解故事的角度看，我认为这个故事混合着科

普，至少对于城市儿童来说是十分必要的。我是一个七零后，虽然不是在农村长大的，但因为家里养过鸡，所以对家养鸡的成长过程多少了解一些。我本以为这应该是一个人尽皆知的常识，但大学毕业时与一位在北京城里出生长大的同学聊起，才惊奇地发现她对此一无所知，她说自己甚至从没见过家养的活鸡！我想，对于一个从未见过活鸡的小读者，画风如此写实的《小黑鸡》，恐怕仍然更像是一个动物童话吧。

而这个故事尽管是用童话方式叙述的，但小鸡成长过程中所遇到的问题却是很真实的：经常对小鸡们虎视眈眈的狗与猫、成长到一定阶段后鸡妈妈与小鸡们的分离、鸡的领地意识、公鸡之间的争斗、其他家禽对食物的争抢……作者以人类的视角观察，获得了对人的成长也很有启发的感悟。比方说，小黑鸡在妈妈的保护下成长，但随着妈妈的离开，不得不学会独立生活。这一过程展示了成长中的必然困难和挑战，也强调了独立的重要性；小黑鸡在面对坏鸭子和鸡老大时，展现出非凡的勇气和责任感，这提醒小读者要勇敢面对生活中的困难；而小黑鸡在成长过程中也不得不面对失去亲人的现实，这让人感受到生命的脆弱与珍贵，对每一个生命我们都需要学会尊重和珍惜。

经过多年的历练，于虹呈从绘本创作工作室的毕业生成长为一名技艺相当娴熟的绘本创作者，在这本书中她展现了很好的文图结合叙事手法。与创作《盘中餐》相似，她通过亲临农村现场的长期观察和写生，以细致的笔触和丰富的色彩，真实再现了农村生活的细节。每一幅插画都充满了生活气息，让读者仿佛身临其境。但她的插画并不仅仅是文字的补充，还展示了许多未在文字中提及的细节，有时还故意制造文图之间的反差，以形成绘本叙事独特的张力。比方说，在第16-17页的跨页中，在文字里小小吐槽鸡妈妈的唠叨，而在画面中却出现了一只潜伏的猫，暗示着真实的危险；到了下一幅跨页中，文字里承认"我才发现妈妈的话都是对的"，而画面中暗示着那只猫已经夺去了某个弟弟或妹妹的生命。看似十分平常、平静的画面中，潜藏着现实世界某种残酷的真相。

在讲述这个颇有些励志的成长故事时，于虹呈保持着她特有的冷静气质。当故事的文字到收尾处，小黑鸡成了鸡群里的新老大，并在梦里让妈妈依靠在自己宽大的翅膀下时，故事原本可以是一个美满的大团圆结局。但于虹呈却特意留下一幅无字的跨页图，画面展示了鸡群在地上啄食，而桌子上人类正准备的晚餐却有一盆鸡

汤——让读者不禁会问：那只鸡是谁？是否是故事中提到的某只鸡？这的确也是一个生活真相，家养鸡不仅是家庭成员，也往往必然成为食物。这种现实的隐喻可以让读者反思生活的本质和生存的残酷性。

作者在创作感言中分享了她与母亲养鸡的经历，那不仅激发了她创作《小黑鸡》的灵感，也让她对生命有了更深的思考和敬畏。通过小黑鸡的成长故事，她表达了自己对生命的珍视和对成长的深刻理解。这种真实的情感流露，使得故事更加感人且有感染力。这本书也可以看作是《盘中餐》的某种延续，也许《盘中餐》里"惊蛰"页面中的母鸡和小鸡正是《小黑鸡》的故事引子。两本书都采用了细腻的写实画风，据说是在同一片乡村区域采风获得的第一手素材，从对水稻种植过程的记录，到对小鸡成长的描绘，于虹呈一直关注着生命和

自然，通过这些作品，帮助读者更加了解和尊重生命。

关于细腻的写实主义的画风，有人可能会说，到了照相技术如此发达的今天，这种风格在绘本创作中还有价值吗？我认为，答案是肯定的。尽管照相技术能够捕捉到现实的细节，但写实主义绘画是通过艺术家的眼光和技巧创作出来的，包含了艺术家的情感、观点和表达方式。这种独特性是照片所不能替代的。《小黑鸡》中的许多画面都好像是照相机拍摄的，但其实完全是创作者根据现实的素材、以虚构的手法重新设计和布局的，而那种模拟镜头的独特视角也代表着作者个性化的情感和意见表达方式。比方说，鸡妈妈说她要走的那幅场景，读者在左下方望过去，看到渐渐拉开距离的鸡妈妈，而小路尽头是篱笆门，门口正把守着鸡群的鸡老大……这更像是一个电影中带有某种戏剧性的场景，令人忍不住浮想联翩。这其实是相当主观的表达，传达了深刻的情感和意境，以期增强读者的代入感和情感共鸣。

《小黑鸡》是一部很独特的原创作品，可以说是带有科普色彩的童话，也可以说是带有童话色彩的科普，总之，教育意义与艺术价值兼具。这样一个关于成长、勇气和生命的故事，对于当下需要学会面对生活中的挑战和困难的孩子们，应该颇有启发意义吧。

阿甲
2024年6月6日写于北京

这是一枚可以孵化出
小鸡宝宝的受精的蛋。

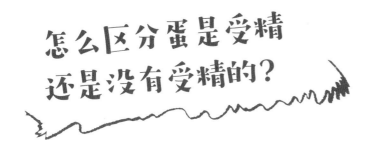

怎么区分蛋是受精
还是没有受精的？

可以用照蛋灯照射鸡蛋的大头一端，

若能看到里面有一个小圆圈或者有一条小细线，

就是受精的蛋，

反之就是未受精的蛋。

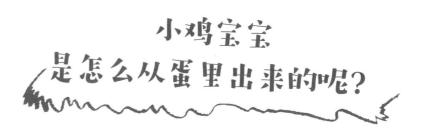

小鸡宝宝
是怎么从蛋里出来的呢？

原来，

是鸡妈妈孵出来的。

在孵蛋的过程中，鸡妈妈每天都要把蛋翻动好几次。

为什么呢？

它这样做一方面保证了蛋受热均匀，另一方面是为了防止小鸡胚胎长久不动，粘连在蛋壳的内膜上。

不眠不休了几天后，
鸡妈妈需要去吃点东西补充下体力。

呀，不好！
趁鸡妈妈出去觅食无人看守，
老鼠悄悄来偷蛋了！

鸡妈妈快回来！

鸡妈妈孵化小鸡需要 21 天。

一起看看鸡宝宝在蛋中每一天的变化吧！

第 1 天	第 2 天	第 3 天	第 4 天	第 5 天
气室				
第 6 天	第 7 天	第 8 天	第 9 天	第 10 天
第 11 天	第 12 天	第 13 天	第 14 天	第 15 天
第 16 天	第 17 天	第 18 天	第 19 天	第 20 天

第 1 天 卵黄中心的胚胎，就是小鸡宝宝最初的样子。	**第 2 天** 胚胎形状像一颗小樱桃，仔细看其中有一个搏动着的小红点，那里就是鸡宝宝的心脏。	**第 3 天** 咦？小樱桃不见了。原来变成了静止的小蚊子的样子。	**第 4 天** 胚胎形状从小蚊子变成了一只小蜘蛛。像不像？鸡宝宝的眼睛开始沉积黑色素，不过这个时候还不太明显。	**第 5 天** 仅仅过了一天，眼睛黑色素大量沉积，胚胎中明显能看到黑色的眼睛了！
第 6 天 现在的鸡宝宝像个迷你"电话筒"，已初具翼和腿的外形。	**第 7 天** 胚胎沉在羊水中不易看清，外形已具备禽类的特点，头和眼所占的比例很大，前腿、后腿分化明显。	**第 8 天** 上喙白色，破壳齿明显可见。外形发育趋于完善，在这一天，小鸡宝宝就能动了哦。	**第 9 天** 翼和腿部羽毛的尖端微露，皮肤表面出现排列整齐的小点，这些小点叫羽毛原基。	**第 10 天** 鸡宝宝皮肤上面的羽毛原基遍及全身，翼和腿部羽毛的尖端已微微露出。
第 11 天 鸡宝宝可以眨眼睛了。	**第 12 天** 身上长出了短短的羽毛，小爪子已经角质化。在之后的 6 天里，鸡宝宝的体重将由 5 克增至 22 克左右。	**第 13 天** 气室渐进性增大。	**第 14 天** 羽毛已经覆盖全身，鸡宝宝会大量吞食蛋白，为增重和羽毛的生长提供营养。	**第 15 天** 羽毛生长迅速，颈部羽毛长度达 12 毫米，身体各部位羽毛生长整齐，小腿和脚的鳞片开始形成。
第 16 天 颈部羽毛长度达 15 毫米，鳞爪已经呈现。	**第 17 天** 体重继续增加，外形和羽毛的发育，与出壳的鸡宝宝差异不大。	**第 18 天** 羽毛像缎子一样覆盖在身体表面。此后，胎儿的营养来源只有一种——卵黄。	**第 19 天** 气室内有个尖尖的小黑影在闪动。猜猜是哪个部位？对啦，是喙！（少数鸡宝宝的喙已穿破内壳膜到了气室）	**第 20 天** 在这一天，大多数鸡宝宝会用喙把蛋内的膜切断。

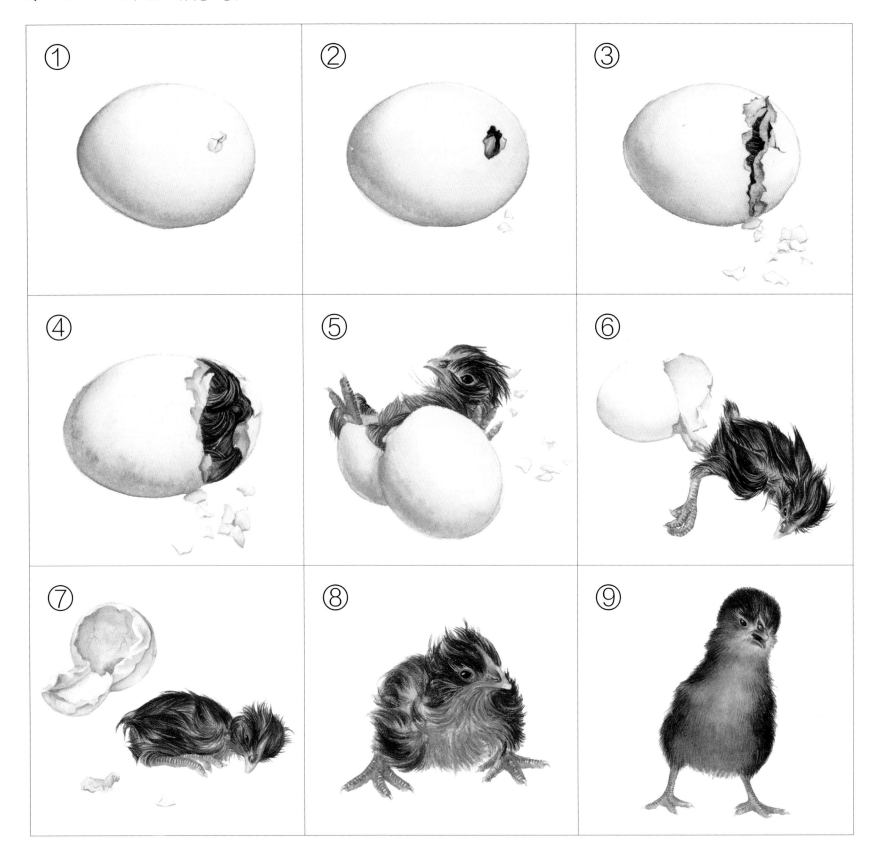

经过鸡妈妈 21 天不眠不休地孵化，一枚蛋竟然变成了一只毛茸茸的小鸡宝宝。

① 在鸡宝宝用喙切断蛋内的膜之后，它便开始用肺呼吸了。此时，它可以发出"啾啾——啾啾——"的叫声。看！蛋壳上面也出现了小裂痕。这一天十分关键，它蓄积力量，准备出壳。

 ② 又过了几个小时，蛋壳上出现了一个洞。但这个洞并不是被"啄"开的（蛋壳内空间不足），而是被鸡宝宝用喙的尖端的破壳齿挤开的。
（注：破壳齿是鸟类拥有的唯一的牙，会在鸡宝宝破壳的几天后脱落。）

 ③ 经过较长时间的休息，鸡宝宝继续移动着头部，不断破坏外壳膜，在蛋上形成一个环状缺口。

 ④⑤⑥ 鸡宝宝伸直脖子，露出头顶，双腿一蹬，终于出壳啦！

 ⑦ 此时的鸡宝宝浑身湿漉漉的，因耗费了太多力气需要休息一下。

 ⑧ 但很快它便抬起头来，寻着鸡妈妈的声音，钻到它的羽翼下面，求得保护。

 ⑨ 鸡妈妈会在鸡宝宝寻求关注的第一时间作出回应，这也是它们之间至关重要的初次交流哦。

在之后的几天时间，
鸡妈妈去哪里，
鸡宝宝就会跟随到哪里。
鸡妈妈吃什么，
鸡宝宝也会去啄同样的东西来吃。

鸡妈妈会优先把好吃的
留给宝宝，
用短促的"咯——咯——咯"的
声音吸引它们过来。

母爱是天性，在自然界同样如此。

鸡宝宝吃什么长大呢？

青虫、蚯蚓、蚂蚱、青草、玉米、稻谷（米粒）等。

青虫

青草

蚂蚱

玉米

令小鸡害怕的动物出现了，
你们猜是谁？

猫、狗、黄鼠狼、狐狸、蛇、老鹰等。

猫

狗

小鸡宝宝出生后多久开始长羽毛呢？

刚孵出的小鸡宝宝身披绒毛，一般在出生 5 天左右，翅膀上的羽毛会长出一点点；出生 15 到 20 天，翅膀羽毛逐渐长全；鸡宝宝出生 30 天左右开始长其他部位的羽毛。

小鸡宝宝长大了，你知道怎样分辨公鸡和母鸡吗？

尾羽很长，可轻轻摆动

鸡冠较大（颜色鲜红）

鸡冠较小，肥厚（颜色为深红或暗红色）

羽毛颜色单一，尾羽短小

好斗

相对温和

羽毛鲜艳，颜色多彩

脚垫较厚，身体高大

脚垫较薄，身体短小

公鸡 会打鸣

母鸡 会下蛋

为什么鸡妈妈在这个时候会离开呢?

原来,在小鸡两三个月大(相当于我们人类 18 岁左右)的时候,鸡妈妈便会放手,让小鸡脱离自己的羽翼。具体表现为:鸡妈妈会狠狠地啄小鸡们,不准它们跟着自己。小鸡们会从不适应到慢慢地去面对,然后适应新的生活,成长为一只大鸡。

鸡有领地意识吗？

鸡的领地意识很强。当它们察觉到威胁，例如入侵者或外来动物时，
便会发出不同的声音以示警告。
母鸡的叫声相对低沉，发出"咕咕"的声音；
而公鸡则通过喉咙发出高昂的鸣叫声，来宣示自己对领地的主权。

所以，有没有留意到公鸡打鸣不止发生在清早？

公鸡为什么好斗？

竞争无处不在，鸡的世界也是一样。

公鸡不仅会为保护领地、取悦配偶而发生争斗，而且在野生环境下，通过战斗来争夺资源和保持地位是常见的生存策略。

公鸡竟然会跳舞?

公鸡会通过跳特定的舞蹈,
来炫耀自己的男子气概。

公鸡求得所爱。

新的生命，即将孕育。

大家好不好奇真实的小黑鸡一家是什么样子的？

小黑鸡的原型

母鸡的原型

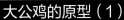
大公鸡的原型（1）

大公鸡的原型（2）

现在，你的脑中是不是只有小黑鸡？

让我们一起来认识一下鸡都有哪些品种吧！

天山雪鸡

天山雪鸡的祖先生活在中国天山之巅，是生存在海拔最高的鸡类。天山雪鸡体形如鹌鹑，嘴为紫色，全身羽毛紧凑，尾羽上翘，能飞翔且善于奔跑。由于生存环境恶劣，野生的天山雪鸡的数量极为稀少。

红腹锦鸡

红腹锦鸡为中国特有鸟种，被誉为"珍禽之冠"。世间本无凤凰，因为红腹锦鸡的出现，凤凰好似有了参照物。红腹锦鸡体态优美、飘逸，全身的羽翼色泽鲜艳，犹如身披七彩华服。因它们的腹部是浓烈的血红色而得名。由于雄性红腹锦鸡的羽毛异常美丽，有巨大的观赏价值，使得它成为偷猎者热衷的目标，从而导致红腹锦鸡数量锐减，已被列为国家二级重点保护动物。

山西褐马鸡

山西褐马鸡是中国特有的珍稀鸟类，山西是其主要的栖息地之一。羽毛大部分黑褐色，尾羽基部白色，末端黑而有紫蓝色光泽。受到过度捕猎和栖息地破坏等因素的影响，如今褐马鸡已经变得非常稀少，被列为国家一级保护动物，也是世界濒危鸟类之一。

雉（zhì）鸡

雉鸡在中国，自古就被视为"吉祥鸟"，在中国明清瓷器中，无论筒瓶、棒槌瓶、花觚还是将军罐上，雉鸡和牡丹都经常被画在一起，寓意着吉祥和富贵。雄雉羽毛色彩艳丽，尾羽较长；雌雉羽毛色彩较暗，尾羽较短。猜猜图中的雉鸡是雌雉还是雄雉？

芦花鸡

芦花鸡是公认的柴鸡之王。原产于山东省汶上县。该鸡隐藏于汶水河畔芦苇荡内生存，羽毛呈横斑黑白羽，与芦苇颜色一致，形成天然的保护色，可以逃避野兽的侵袭，从而得以生存下来，并由此而得名"芦花鸡"。芦花鸡认巢性非常强，无论白天游食多远，夕阳西下，都会回巢歇息。

珍珠鸡

珍珠鸡的羽毛底色为蓝灰色，上面布满白色斑点，像一颗颗小珍珠，这也是它们得名珍珠鸡的原因。喙上的肉垂为红蓝两色，其头顶上有坚硬的"骨冠"，是头骨的一部分，可用于防御。

贵妃鸡

贵妃鸡的外貌奇特，三冠、五趾，周身羽毛以黑色为基调，白色飞花分布全身，是其最典型的特征。母鸡头部的羽毛格外茂盛，宛如欧洲贵妇的羽毛帽，所以最初被称为"贵妇鸡"，后来因"贵妃"一词更加贴近中国传统文化，人们接受度更高，因而得名"贵妃鸡"。

文昌鸡

文昌鸡产于海南省文昌市，最早出自该市潭牛镇天赐村。村中榕树生长繁茂，树籽富含营养，鸡啄食后，体质极好。

北京油鸡

北京油鸡原产于北京市，是京城特有的优良地方品种。具有独特的外貌特征，如凤头、毛腿和胡子嘴，给人留下深刻的印象。北京油鸡是一种文化和历史的象征。

狼山鸡

狼山鸡原产于江苏省，体型较大，羽毛黑色。皮肤白色，极少数凤头或毛脚；羽毛以黑色闪耀翠绿光泽为主。狼山鸡是我国古老的优良地方品种，并在世界家禽品种中负有盛名。

乌鸡

乌鸡，又叫乌骨鸡。骨骼乌黑是它最明显的特征，全身皮肤、肌肉、内脏均为黑色。它的头上还有一撮细毛高突蓬起，除两翅羽毛以外，其他部位的毛都如绒丝状。最常见的乌鸡，全身都是洁白的羽毛，有"乌鸡白凤"的美称。

白羽鸡

白羽鸡因没有黑色素在羽中沉积而表现为白羽。因生长速度快，适合吃肉，成为了1948年鸡王争霸赛的冠军品种。大家耳熟能详的快餐店，都在使用这个品种的鸡哦。

黑五鸡

黑五鸡又名明代黑毛乌骨鸡，是我国独一无二、世界罕见的珍禽极品。"五黑"指的是黑羽、黑皮、黑肉、黑骨、黑内脏。别看它从里黑到外，生的蛋可是绿色的哦。

三黄鸡

三黄鸡的"三黄"是指哪里呢？羽黄、喙黄和脚黄。这种鸡的产蛋量可是很高的！

西双版纳斗鸡

在西双版纳，斗鸡比赛的历史悠久，是傣族人民最喜爱的活动之一。西双版纳斗鸡体型健壮、骨骼结实、胸肌发达，被誉为"最会战斗"的公鸡。它是中国古老的珍稀鸡种。

芦丁鸡

芦丁鸡是世界上最小的鸡，刚出生的小鸡宝宝只有一枚硬币大小。因其蛋富含可以降血压的成分——芦丁而得名。

找一找下面的植物都在绘本的哪里出现过？

黄菖蒲（*Iris pseudacorus* L.）

俗名：黄花鸢（yuān）尾

原产于欧洲，花果期5 ~ 8月

黄菖蒲因花瓣形如鸢鸟的尾巴而得名，它不是菖蒲的一种，而是鸢尾科家族的一员。

蛇莓 [*Duchesnea indica*(Andr.)Focke]

俗名：龙吐珠

花果期6 ~ 10月

蛇莓是蛇吃的吗？其实蛇是吃肉的，蛇莓上面更是没有蛇的口水，无毒性。

炮仗藤 [*Pyrostegia venusta*(Ker-Gawl.)Miers]

俗名：鞭炮花

花期1 ~ 6月

炮仗藤是新年开放的"小鞭炮"。

地锦 [*Parthenocissus tricuspidata*(Siebold & Zucc.)Planch.]

俗名：爬山虎

花期5 ~ 8月，果期9 ~ 10月

地锦为葡萄科植物，果实像葡萄。因其茎上长有许多卷须，卷须上的吸盘可以吸附在墙上，帮助爬山虎攀爬。

野蔷薇（*Rosa multiflora* Thunb.）

俗名：蔷薇

花期5～6月

野蔷薇的生命力顽强，香气四溢。

豌豆（*Pisum sativum* L.）

俗名：荷兰豆

花期6～7月，果期7～9月

豌豆花朵的花形美如蝶，花色或白如美玉，或粉如霞光。它的生命短暂，花开花谢，不过两天。

甘蓝（*Brassica oleracea* var. *capitata* L.）

俗名：圆白菜

花期4月，果期5月

甘蓝、紫甘蓝、西蓝花和菜花其实是一种植物的多个变种哦！

草莓（*Fragaria×ananassa* Duch.）

花瓣白色

花期4～5月，果期6～7月

草莓表面的"小芝麻"才是它的果实，我们吃的酸酸甜甜的草莓其实是它的花托。

蒲公英（*Taraxacum mongolicum* Hand.-Mazz.）

俗名：婆婆丁

花期4～9月，果期5～10月

蒲公英的种子飞走后，茎会渐渐枯萎，但地面的叶和地下的根会继续生长，待来年春天开出灿烂的花朵。

南瓜 [*Cucurbita moschata* (Duch. ex Lam.) Duch. ex Poiret]

俗名：番南瓜

花期6～7月，果期7～8月

南瓜花能吃吗？南瓜的雄花完成授粉使命之后就可以被拿来当做蔬菜食用啦！

苋（*Amaranthus tricolor* L.）

俗名：三色苋（xiàn）

花期8～9月，果期9～10月

三色苋为一年生草本植物，茎叶可作为蔬菜食用。

山莓（*Rubus corchorifolius* L. f.）

俗名：树莓

花果期2～7月

树莓的种子是包裹在果肉里面的，平时我们吃到的部位是它的果皮。

藿香蓟（*Ageratum conyzoides* L.）

俗名：臭草

花果期全年

藿香蓟的气味强烈，繁殖能力非常强。可捣碎用于给伤口止血。2023年1月1日，被列入重点管理外来入侵物种名录。

鞭打绣球（*Hemiphragma heterophyllum* Wall.）

俗名：羊膜草

花期4～6月，果期6～8月

鞭打绣球整片匍匐在地，肆无忌惮地吸取大地的营养。即使是在严寒的冬季，也用那一抹艳丽的红映衬着大地。

花楸（*Sorbus pohuashanensis*）

俗名：马加木

花期5・6月，果期9～10月

花楸生长速度极快，春日满树白花，入秋红果累累。

野罂粟 [*Oreomecon nudicaulis* (L.) Banfi, Bartolucci, J.-M.Tison & Galasso]

俗名：冰岛虞美人

花果期5～9月

野罂粟其实并不是罂粟，它的花朵轻盈飘逸，有丝绸般的质感，娇艳无比。

朱顶红 [*Hippeastrum rutilum* (Ker-Gawl.) Herb.]

俗名：对红

花期 4 ~ 6 月

朱顶红花色鲜艳，朝阳开放，有百合花之姿、君子兰之美，因此有"胭脂穴"的美名。

碧冬茄（*Petunia×hybrida* hort. ex Vilm.）

俗名：矮牵牛

花期 4 ~ 10 月，果期 8 ~ 10 月

碧冬茄和牵牛花很像，所以又叫"矮牵牛"，但矮牵牛可不是矮小的牵牛花哦，牵牛是缠绕生长的，而矮牵牛则是匍匐生长，它们是不同家族的成员。

蝴蝶花（*Iris japonica* Thunb.）

俗名：兰花草

花期 3 ~ 4 月，果期 5 ~ 6 月

蝴蝶花的花朵结构十分精巧，像展翅飞舞的蝴蝶。虽然同属鸢尾科鸢尾属，仔细看它和鸢尾花生得可不一样哦。

最后，

我们一起看一看，

小黑鸡生活的地方是什么样子的。

小黑鸡的真实故事

2012年春天的一天，妈妈从市场买了六只小芦花鸡回家，她决心开始养鸡。除了在我四岁时家里养过四只小鹦鹉，这么多年来我家再也没养过小动物，可能是因为当初那四只小鹦鹉在买回家不久后接连死去，让我对养小动物这件事情感到恐惧，抑或只是觉得养小动物是件麻烦事。不管怎样，我依然希望自己能成功地把它们养大。可是买回来不久，就只剩下了一只小鸡，而另外的五只，都被野猫给叼走了。我和妈妈悉心把仅剩的这只鸡抚养长大，就在与它相处的这些时日里，我开始对鸡这种动物有了不少新的认识。它成了我心爱的宠物，而这一点妈妈却不这么看："鸡就是用来吃的，不然养它干吗？"

直到有一天，这只鸡长大了，妈妈趁我不在家的时候，把它给杀掉了。我伤心地大哭了一场，除了对一个坚强生命的惋惜，也有强烈的负罪感，至此我萌生了为

它做一本书的念头。

但我并不打算写我们之间的故事，我开始对很多人"把鸡当作宠物是一件奇怪而荒唐的事情"这个观念感兴趣，有时我也会想，如果它是一只英国短毛猫、一条柯基犬，或是一只小仓鼠，它的命运可能会完全不同。我们太习惯给身边的一切事物下定义和分等级，"鸡就是用来吃的"这样的观念在大多数人的脑海里根深蒂固，我开始为鸡这种生物感到悲哀，为什么这种生命存在的价值仅仅是作为人类的食物。当然，我也并不提倡所有人都吃素，但我希望我们能以平等的、感恩的心态看待它们的生命，它们也是有思想、有感知力的生命，它们也是能体会死亡的恐惧和疼痛的生命。尤其是那些生活在养鸡场的鸡，可能它们的存在仅仅是一种具有生命体征的工业产品，可能还未作为生命体验过世界的美好，就很快要离开了。可能家鸡并不属于珍贵濒危的保护动物，

那么物"不稀"就应该为"贱"吗？如果同理思考人类的存在，我们中绝大多数人不也是平凡且渺小的吗？正因为我们都是地球上平凡的生命，写惯了人类故事的我便决心讲述一个平凡物种的最平凡的真实故事。

为了找到合适的鸡的形象，我又回到了元阳梯田。房东家养了很多鸡，我每天的功课便是观察它们的生活。这儿的鸡大都很特别，它们体型健硕匀称，物种天性十足，后来家中也从菜市场头过小母鸡来饲养，不知为何它们长大以后大都已经失去了孵蛋和带小鸡的本能。我经过无数次观察，发出无数次感叹。

渐渐地我发现，原来鸡的世界法则与人类的世界法则是那样惊人的相似，而鸡的世界还要更加单纯，没有任何伪装。生命中的酸甜苦辣我们无法避免地要尝个遍，而它们也在勇敢而坚强地与整个世界对抗。在观察中，我深刻地感受到不同生命共同面对的问题——成长。

成长对于所有的生命来说都是一门必修课，小时候的我就想快快长大，这样就可以不用起早上学，也不用考试，可以自由支配自己的压岁钱。等到长大后才慢慢发现，换取小时候向往的这些自由却需要付出更大的代价。尽管如此，成长的喜悦依然令我感到幸福。在客观的世界，冬去春来，花开花落，周而复始，成长的车轮依然不会停滞，将永远伴随着我们直到生命的终结。而在这永不停滞的轮转中选择坚守什么，就是我们自己人生的答案。

于虹呈

苏青

中国作家协会会员

中国青少年科技教育工作者协会副理事长

一只小黑鸡生存的故事，就是一个孩子成长的故事。妈妈的羽翼和怀抱再温暖、再安全，小黑鸡和孩子长大后，最终都得离开妈妈独自闯世界，因此，要学会直面各种困难，懂得如何解决问题，勇敢迎接生活挑战。读《小黑鸡》儿童绘本，了解动植物知识，接受自强自立教育。谨填《采桑子》词一首，特向小朋友推荐："黑鸡坎坷生存路，步步惊心。母爱情深，呵护安全免害侵。孩童憧憬攀登道，坦径难寻。直面如金，困苦艰难手到擒。"

尹传红

科普时报社社长

中国科普作家协会副理事长

看母鸡孵蛋，候小鸡出壳，观公鸡相斗。阅《小黑鸡》，唤起了我童年时代一段温馨无比的回忆。

难忘自然天地中的彼此陪伴，漫步自由世界里的旷达惬意，还有共同经历的风雨、日渐丰满的羽翼。

快翻开这个精彩写实的绘本吧！让我们一起品尝生活的滋味，探究生命的奥秘，获得成长的秘籍。

李一慢

慢师傅阅读学堂创办人

新教育实验学术委员

亲子阅读教学专家

尽管有厚厚的知识手册，《小黑鸡》依然是一本儿童性、教育性很强的故事绘本，让读书给孩子听的大人可以和儿童一起角色自居，感受故事中为离开而积蓄的安全感，共情故事中因挑战逆境而迸发的勇气，直面每一个生命都需回归自然的真实。源自作者真实体验的创作和思考，让《小黑鸡》既有非常当代的人文情怀，又有贴近童心的社会化情感教育。

史军

中科院植物学博士

"玉米实验室"创始人

中国植物学会科普工作委员会成员

中国科普作家协会会员

小黑鸡的成长历程中，我看到自己的人生之路。从懵懂无知，到勇敢担当。亲情和友情是支撑我们成长的动力。孩子们可以在生动的自然图景之间，读懂成长的故事。

孙卫东

南京农业大学动物医学院教授

临床兽医学博士

绘本以自然的笔触勾勒出小黑鸡在成长过程中充满好奇、探索未知、迎接挑战、勇于担当以及母子情深等"情景"。触"景"生"情"，由"情"而发，润物无声。让孩子在翻阅中成长、成才、成人。

宋宝茹

自在博物书店主理人

这是一本神采奕奕的绘本。

虽然是一只黑色的小鸡，它不但将缤纷照进现实，而且将绚丽写入生命。

绘本以小黑鸡的视角，这是一个由近及远的方式，留给大自然的大孩子和小孩子们一个思考：我们将如何享受自己的生命，如何面对其他生命个体及这个缤纷的生命世界？

有时候，我也会和弟弟们比比谁的爪子更锋利，
比比谁的翅膀更有劲儿。

"要我说，没谁比鸡老大更厉害啦！"妹妹走了过来说道。
"鸡老大？不就是那只特别神气，谁都得听他的大个子嘛。"
"我才不怕呢！等我长大了，一定比他还要厉害！"

一眨眼，秋天来了。

一个弥漫着稻子香气的早晨，

鸡老大竟自个儿找上门来啦。

嘿！来得正好！

扑哒扑哒！扑哒扑哒！

"大家快来看哪！小黑跟鸡老大打起来啦！"

扑哒扑哒！扑哒扑哒！

"真不敢相信，鸡老大竟然快招架不住啦！"

扑哒扑哒！扑哒扑哒！

"真是奇迹，鸡老大逃跑啦！"

从那天起，我成了鸡群里的新老大。

谁都不敢来欺负我们了。

晚上，我做了一个很美很美的梦。

在梦里，妈妈依靠在我宽大的翅膀下，

这次换成我来保护她。

我想，我终于明白了妈妈曾经对我说过的话。